12
11
10
9
8
7

我看見抵擋命運的力量

圖 文・余其叡

就在前年剛開學的時候，
醫生告訴我得了白血病。
從那時起，我的世界完全不一樣了！
醫院像是我的家，
打針吃藥就是我生活的全部……

來自馬英九的推薦文

溫暖的樂觀敲動我的心

十歲是怎樣的年齡？一個十歲的小朋友，應該是忙著在校園中奔跑、充滿好奇心地探索這個世界，向家人報告今天在學校的新發現，與來自不同家庭的孩子們，共同體會「友誼」這個美妙的事物。

但是，余其叡小朋友在被檢查出白血病之後，卻被迫要在醫院和家中度過童年時光。他曾質疑老天爺開的玩笑，對於繁複的檢查與手術，他也感到害怕。但是，他仍保有溫暖的童心，樂觀而坦然地面對病痛，對週遭的人充滿了感恩。

彌足珍貴的是，我在其叡小朋友的詩文中，讀到他對年邁的阿公、阿媽的依戀與不捨，對於爸爸、媽媽的窩心與體貼，對於寬廣世界的包容與讚嘆。生活中的大小遭遇、點點滴滴，經過他早熟、易感的筆尖的點化，都滿載著惜福與關懷、飽含著詩意與哲理。在這一位勇敢的生命小鬥士眼中，世界眞的很美。其叡與另一位因罹患「軟組織肉瘤橫紋肌癌」而提早離去的兒童詩人周大觀一樣，彷彿是上天差遣來的天使，提醒我們留意身邊的美好、珍惜生命的賜予。

這是一本溫暖的詩畫圖文，不僅適合給兒童觀賞，大人也應該閱讀，每一篇都讓讀者有如沐春風的感受。看完此書，我既驚訝於其叡的深刻，更佩服他力抗病魔的勇氣，我們應該爲他不斷地加油打氣，爲他祈禱。也祝福所有正在爲生命搏鬥的孩子們與他們的家人，願本書能爲他們帶來慰藉、光明以及寶貴的希望。

馬英九
九十二年五月

來自李明依的推薦文

我看見抵擋命運的力量

剛剛開始拿到這份余其叡小朋友的文稿時，我非常驚訝甚至覺得不可思議，他的文字那麼成熟，在想像力與文字的結合上如此超齡，好像一個老靈魂住在一個小孩的身體裡面一般，看他的詩，有時候會讓我這個同樣做媽媽的，很心疼……

這本書多麼可以鼓勵同樣身受病痛的小孩以及他們的家人，因爲余其叡承受病痛，卻能夠正面迎接，他喜歡圍棋，喜歡嘗試新奇的東西，他的抵擋讓我覺得很了不起。

我讀到他的幾首詩像〈四季〉、〈坐牢的鳥〉、〈記憶〉，很欽佩他的思維與邏輯，簡單的文字，但卻說出了複雜而有意思的心理變化，如果不是盡情去擁抱每一天的精神，怎麼可以創作出這樣令人感動的詩句？我非常喜愛。

李明依

名主持人，出版作品有個人成長故事《華西街的一蕊花》

親愛的小孩

嗨，親愛的小孩，你今天心情好嗎？

每天的天氣都不一樣，昨日陽光燦爛，今日卻可能烏雲滿天，我們活在無窮的變化之中，這就是大人們常常感嘆的人生無常。

親愛的小孩，讓我告訴你，正因爲人生是無常的，所以我們的生命才是流動的。就像山谷裡的溪水一樣，因爲流動，所以清澈，所以活潑，所以會唱歌。

因此，不要害怕人生裡種種不可預測的變化。

有時候，會有一些你想也想不到的意外來臨，也許它們伴隨著令你難以承受的痛苦，也許你會覺得好委屈，爲什麼這種不舒服的事會發生在你身上？但是，就因爲你是如此特殊，生命才會用這種特殊的方式教導你一些眞理，讓你學會勇敢，學會堅強，學會愛自己，然後愛別人，愛這個豐富美麗的世界。

親愛的小孩，那些讓我們痛苦悲傷的事件，都是包裝得不漂亮的禮物，一開始我們都不想打開它，但那些灰色的盒子裡，其實都靜靜地躺著金色的果實，只要有勇氣面對它，拆開它，拿起它，品嘗它，你就能享受那種來自天堂的滋味。

親愛的小孩，你是如此美好，你純眞的心靈譜出了一首首動人的詩篇，你會彈琴，會下棋，你才華洋溢；我未曾見過你，但我想像你一定有著天使般可愛的容顏。你的勇氣令我微笑，也令我流淚，我相信你會一天比一天更健康更快樂。在提早經歷人生裡巨大的苦痛之後，未來的你會有更多的時光去慶祝生命的豐收。

朵朵

自由時報花編副刊最受歡迎的專欄作者，出版作品包括《朵朵小語》、《朵朵小語2》、《朵朵小語——飛翔的心靈》、《朵朵小語——輕盈的生活》、《朵朵小語——優美的眷戀》等書。

來自南方朔的推薦文

疼痛是一種照亮

英國的十九世紀評論大家蘭姆（Charles Lamb,1775-1834）曾說過：「人在生病中擴大了理解自己的深度。」病痛是一種觸媒、一種照亮，讓生命的意義得以在痛苦，甚或絕望中更被弘揚。

四年級的小朋友余其叡，不幸罹患血癌，他經歷痛苦的治療過程，在休學治療的時間裡，他拿起了筆來寫作，這是本書的起源。它當然不是什麼曠世之作，但樸素的童心，單純的善良，以及筆鋒偶爾閃現出來的早熟智慧，卻無疑的仍給人一種純粹的感動。他在病痛中照亮自己時，也使得別人能分享到他小小心靈裡那些深刻的滋味，在這個SARS蔓延的時刻，我們社會裡充滿怨尤、指責、自私、慌亂的情緒，我忽然覺得，像余其叡小朋友面對生病的態度，其實是很值得我們參考的。他沒有被生病打敗，我們也不應被SARS征服！

南方朔

名作家、新新聞雜誌發行人，出版作品包括：《語言是我們的居所》、《語言是我們的星圖》、《語言是我們的海洋》等語言系列研究，以及《世紀末抒情》、《有光的所在》、《給自己一首詩》、《詩戀記》等抒情散文。

愛的力量

《我看見抵擋命運的力量》是一部思想細膩且意義深遠的作品，當我細讀這本書時，隨著一頁接一頁的翻閱著，愈來愈感到驚訝，內心的激動與佩服也益發強烈，很難置信這一連串看似輕靈跳脫而充滿想像力的文字，竟是出於一個年僅國小五年級的孩子所寫的詩。

記得聖經裡的一句話：「上帝的愛，會激發我們的潛能。」我相信這種寫作天賦主要來自於他家人對他無條件的愛，在孩子純真的心靈中，始終縈繞著他的一股強大的愛的力量，使他產生了無比的勇氣與信心，承受著生命最大的極限與挑戰。本書不但見證了上帝賜給他的天賦，也見證了呵護、滋養著他心中的種籽——愛。

從這本書中學到一件事的是：試著用你的眼睛去看，用你的心去聽，用你豐富的想像力，你可以看到什麼，聽到什麼，領悟什麼，同樣的景色，可以因爲你的美麗心情而有了繽紛色彩。同樣的事物，可以因爲你的愉快心情而有了新的面貌。

王曉書

名模特兒、公共電視手語主播，出版作品有《我看見聲音——王曉書聽不見的故事》

我的身體裡沒有老靈魂

叔叔阿姨們的推薦文把我寫得太好了。

我真希望像朵朵阿姨說的：生命是像溪水一樣會流動，會清澈。這樣病毒就會趕快被消滅了。

我的身體裡沒有老靈魂，只是有太多的針孔。我也沒有南方朔叔叔說的那麼好：疼痛是一種照亮。

我只是很無奈，我必須面對生病受折磨的事實，所以比較不像同學無憂無慮。媽媽不斷安慰我，我也只有承受住院、打針、吃藥、和很多副作用。

我在家休息的時間很多，才會天馬行空，隨時聯想，也告訴媽媽我想出來的點子和句子，但是有寫錯的字。媽媽覺得可以投稿，我才試試看。

媽媽鼓勵我還要多閱讀，才會有進步。

總之，眞的謝謝阿姨辛苦地爲我編書！

病毒那麼厲害，請阿姨好好保護自己喲！

其實，我還是很害怕病毒，並沒有叔叔阿姨想得那麼勇敢！

其叡敬上

002 溫暖的樂觀敲動我的心／馬英九
004 我看見抵擋命運的力量／李明依
006 親愛的小孩／朵朵
008 疼痛是一種照亮／南方朔
010 愛的力量／王曉書
012 我的身體裡沒有老靈魂／余其叡
018 【自己的話】勝利的手勢——我與白血病／余其叡

卷一 我的心中

026 K書狂想曲
027 電線插頭

卷二 動物的奧林匹克

046 動物的奧林匹克
048 我是一條魚
050 書蟲和米蟲
052 怪手恐龍
054 企鵝
056 蜻蜓
057 坐牢的鳥
058 螢火蟲
059 蚊子

028 媽媽總是找得到
030 投稿
032 阿公和燭光
034 時間
036 黃昏的海邊
038 囚
039 我的心中
040 指南針
041 過新年
042 製餅高手
043 啊，外婆

卷三 存時間

062 鋼琴
064 鈔票
066 自由
067 存時間
068 夢想
070 地球老人
072 鞋子
074 口香糖
076 恐怖份子
078 金頭腦
079 記憶
080 桌子

卷四　如果我有一支魔棒

084　風和星星
085　窗
086　夕陽與茶葉蛋
088　夏日午後
090　雨
092　月光河
094　風與落葉
095　魔棒
096　四季

卷五　逆境與我

114　水的聯想
116　逆境與我
118　魔幻學園
120　如果我是老師
122　我愛圍棋
124　母親，在我心
126　難忘的年
128　送給外公「青春泉」

098 海上
100 火
101 深夜
102 樹
104 大樹是計時器
106 秋天的景色
108 雲的聯想
110 極光

卷六【媽媽的話】生命補習班

132 拉開幽暗的窗簾
134 不要給我同情
135 時間是有聲音的
136 花燈照亮病房
138 少洗一個是一個
140 我要的生活
142 兒子心意無價
144 最昂貴的浪漫
146 現在都是禮物
147 勝利的標記
148 生命的補習班
150 櫻花樹下

【自己的話】

勝利的手勢——我與白血病

去年秋天，剛開學不久，我突然背部痛到一整夜睡不著，又持續燒了兩個星期，於是媽媽帶我去台北榮總的小兒科看病。醫生看了看，覺得我一直高燒不退，持續如此久，所以一定要住院做詳細的檢查才可以。經過一連串的檢驗項目，像是X光、超音波，顯影注射和核磁掃描之後，報告的結果終於出來了。醫生告訴我得到的是白血病，當我聽到這種病的時候，我不覺得有什麼嚴重性，因爲我不知道白血病是什麼樣的病；我只知道我要無奈地住在可怕的醫院裡。原本想：不用上學、不用寫家庭作業，這不是自由了嗎！誰知道我天眞了過頭，竟然不知道有比「上學」、「寫功課」更痛苦的事情正在等著我去承受呢！

診斷三天之後，我就到手術房去開刀，裝設中央靜脈導管，看到我周邊有這麼多的儀器，我開始全身發抖，緊張了起來。在我拚命想逃的時候，卻感到昏沉沉的，失去了知覺。等到醒來的時候，我開始頭暈、想吐、全身沒有力氣，還有點發燒呢！第二個可怕的記憶是做腰椎注射。一個人在治療室，因爲孤單、恐懼而哭泣，像是待宰的羔羊。後來針刺下去又痛得椎心刺骨，可是媽媽卻不能進來安慰我，只能在治療室外面束手無策，心痛不已。做完注射之後，護士阿姨建議我平躺八個小時，才能使藥物平均分佈，並且避免頭痛。哇！眞是受罪呀！接著再打討厭的安可平，我一直噁心、嘔吐和肚子痛，連膽汁都吐出來了呢！後來口腔黏膜也破得不能吞嚥任何東西，眞是說多難過就有多難過！還有一種劇毒「紅色」化藥，護士阿姨都稱它爲「小紅莓」；我一看到紅豔豔的化藥注射到我的身體內，像是岩漿要把我熔化了一般，差一點就暈了過去。第二天枕頭上都是我的掉髮，看得我膽戰心驚！最倒楣的是，吃完化藥，做完化療之後，回家就會開始發燒。所以媽媽經常一夜起床好幾次，量我的體溫，結果體溫一直上升，趕快帶我去急診室住院治療。像這樣半年多來進進出出榮總，醫院好像快要變成我的第二個家了呢！

自從生病之後，同學們都失去了聯絡，害我覺得好無聊、好寂寞喔！而且整天待在家裡都沒有人了解我鬱卒的心情。能做的事也只是看電視、打電動，還有看課外書籍。由於這些都是靜態的活動，讓我變得很虛弱，沒有精神和沒有鬥志。只要稍微運動一下，就會氣喘如牛。好在爸爸和哥哥都會陪我打羽毛球和教我功課，讓我恢復一點精神和體力。在家裡除了哥哥、爸爸之外，還有讓我得到安全感的媽媽，每次當我接受治療，痛苦難當的時候，都是媽媽在病床邊安慰我，幫我加油打氣，讓我減少落寞的感覺。

從媽媽的話裡，我體會出：既然是上天安排的命運，我逃也逃不掉，必須學習面對病魔，勇敢接受它的挑戰。改變飲食習慣，多吃蔬菜水果，不再被漢堡、熱狗引誘。唯有健康的身體才是人生成功的基礎。哇！這是多麼痛苦的領悟呀！

自從我接受化療開始，已經有二年半的時間了，我的情況有了好轉。但是，還是有一些不順利的事情。有一次，我在注射的時候，因爲姿勢不太標準，導致醫生連續扎了三針，才找到正確位置。好不容易花了一小時注射完成後，我嘔吐得很厲害，那種又酸又苦澀的滋味眞是難以形容。偏偏護士阿姨規定我當天要平躺八小時，什麼事都不能做，對我來說，又是一種煎熬！

但是，更可怕的是，兩個月後，我進榮總接受下一個療程的化療。醫生叔叔覺得我已經是個大小孩了，不用麻醉也可以忍耐配合。醫生叔叔準備以二十號的長針爲我做腰椎穿刺。我聽了之後，嚇得歇斯底里，大聲哭鬧，好像即將遭受恐怖攻擊一般。媽媽在病床旁邊耐心地爲我做心理建設：「讓我們爲心理做一個準備，用可以承受的痛苦指數爲基準，譬如你可以承受抽血，預防針的疼痛，對不對？」醫師順勢說：「腰椎注射比打預防針輕鬆得多！這樣想沒那麼可怕吧？」我依照這種心理暗示，使自己平靜下來。當醫師告訴我已經注射完畢時，我訝異地說：「我怎麼沒感覺醫師是在什麼時候注射的呢？咦？這次根本不如我想像的疼痛嘛！」其實，我發覺我的憂慮和恐懼，根本是我自己幻想的，而且這幻想像陰影一直擴大，一直擴大，害我連睡覺的時候都做惡夢！但是經歷了這個原本以爲非常恐怖的經驗，我成功地跨越了恐懼的感覺。

除了腰椎穿刺和不用麻醉的經驗之外，我還有一個難忘的回憶。在今年四月初，我的中央靜脈導管感染細菌，醫師叔叔建議我回開刀房裡將它移除。到了開刀房的時候，我躺在床上，覺得開刀是一件非常恐怖的事，心裡噗通噗通地跳著，我像是面臨世界末日一般驚慌失措。突然有個穿著綠色衣服的護士阿姨像天使一般地走到我的身旁來，這位護士阿姨很親切地對我說：「不用害怕，我以前看過你，你是一個聰明又勇敢的小孩。」我聽了這句話之後，開始有了勇氣去面對整個手術。在開刀房裡，醫師叔叔對我笑著、笑著，我漸漸地失去知覺。等我在恢復室裡清醒過來，才知道手術已經完成。我看著身旁的媽媽，我向媽媽比了一個「勝利」的手勢。原來手術並沒有想像中的可怕，於是我放鬆心情，跟恢復室的阿姨講笑話。相信以後，如果遇到相同艱難的挑戰，我都會藉由這兩次的經驗，鼓起勇氣去面對它，去克服它！

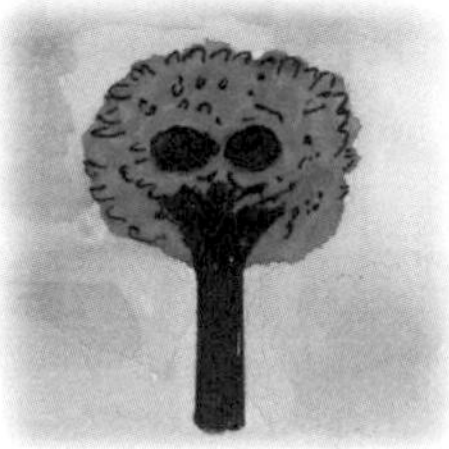

卷一

我的心中

K書狂想曲

大腦是個照相機
記憶延長成底片
眼睛伸縮著鏡頭
按下聯想的快門
沖印出來
是一張滿分的考卷

電線插頭

從前
我是一條活生生的蛇
不幸的
卻被雷擊中
電流很快的通過
我的全身變成黑色
就死了

如果有人用濕手捉我
我還會忍不住
用兩顆門牙
咬它
電它

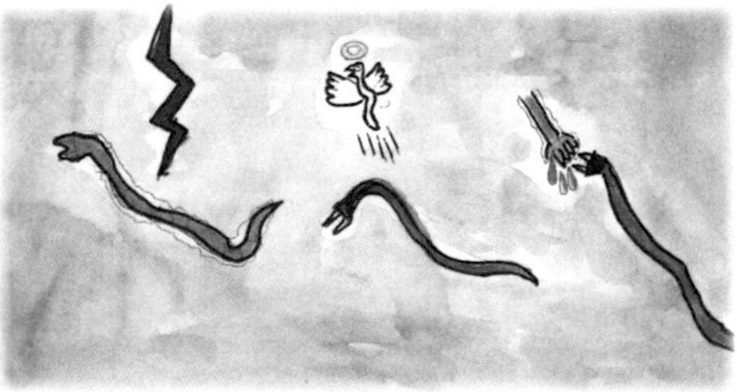

媽媽總是找得到

媽媽總是找得到
一種神奇的藥
解除我心裡的煩惱

媽媽總是找得到
一種神奇的針線
縫補我心裡的裂傷

媽媽總是找得到
一種神奇的鑰匙
打開我心裡的暗房

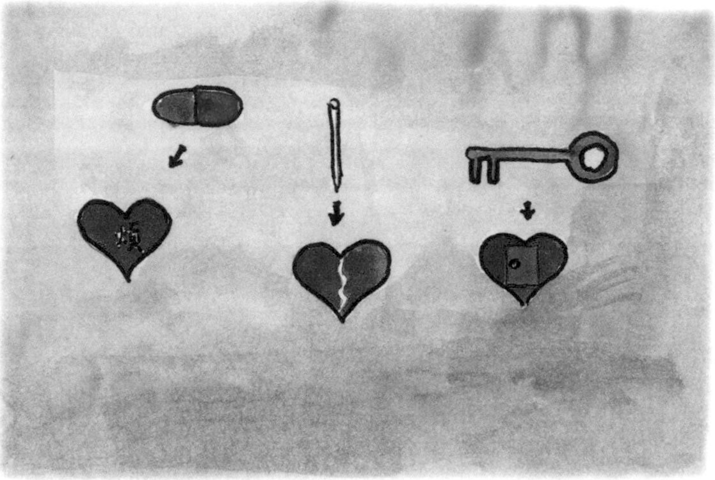

投稿

我是個「傳眞」機
我將意念傳眞到手
手傳眞到筆
筆傳眞到紙
紙再傳眞
給讀懂它的人

阿公和燭光

那個颱風夜裡
我和阿公一起
停電了
我們燃起一支蠟燭
阿公的身影在燭光中
顫抖
蠟燭的光也在風聲裡
搖晃
我對自己說
要好好照顧燭火
不讓風吹熄
就像照顧我的阿公
永遠不分離

時間

時間是個設計師
爲大地舉行彩裝秀

時間是個營養師
使我長得高又壯

時間是個染髮師
把阿公的頭髮全部染白

時間還是個魔法師
竟然把阿公的記憶變不見

黃昏的海邊

黃昏的海邊
狗兒踩著牠的影子
旅人踩著他的孤獨
直到
浪花吞了足跡
大海吞了夕陽
黑夜吞了我

囚

我是一個囚犯
禁錮在名叫「孤獨」的牢籠
天涯淪落
知己難逢
唯有蟬鳴做我的訪客
百無聊賴
按按自家的門鈴
也好爲　心靈花園
增添一點點
熱絡的聲音

我的心中

我的心中有個眼睛
看到媽媽的皺紋裡
一條一條的關愛

我的心中有個耳朵
聽到媽媽的呼喚裡
一聲一聲的焦急

我的心中有個鼻子
聞到媽媽的菜餚裡
一盤一盤的辛苦

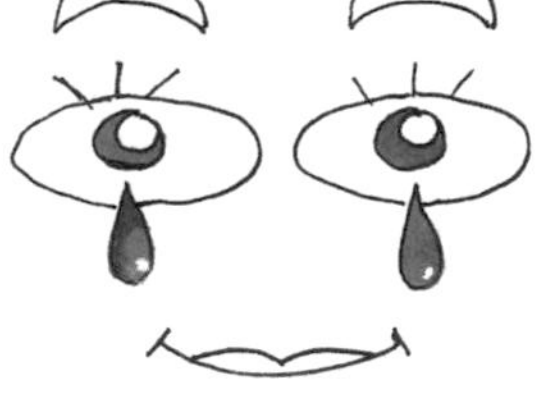

指南針

爸爸的頭腦中
有個指南針
在我的人生過程裡
爲我指引方向
我才不會誤入歧途

媽媽的心裡
有個溫度計
在我的青春歲月裡
爲我測量心情
我才不會情緒失控

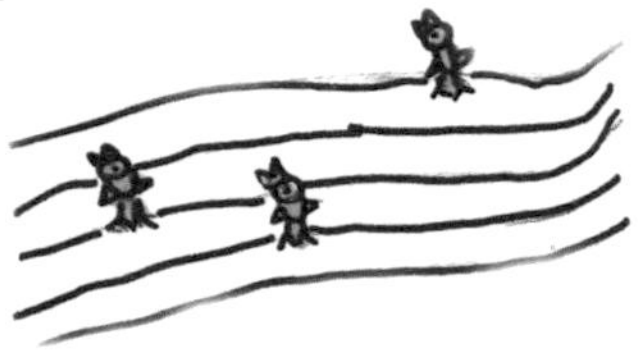

過新年

我喜歡過新年
因爲我又長大了一歲
還可以拿紅包

媽媽討厭過新年
因爲她又老了一歲
還要發紅包

製餅高手

媽媽是個製餅的高手
愛　是她的原料
家　是她的烤箱
一生　是她烘焙的時間
烤出來一塊又一塊
幸福的餅乾

啊，外婆

看著相片裡
年輕時的外婆
笑容燦爛
像盛開的花朵

再看病床上
現在的外婆
憔悴的臉頰
像凋謝的花瓣
癱瘓的手臂
像枯萎的花托
啊
我好心疼我的外婆

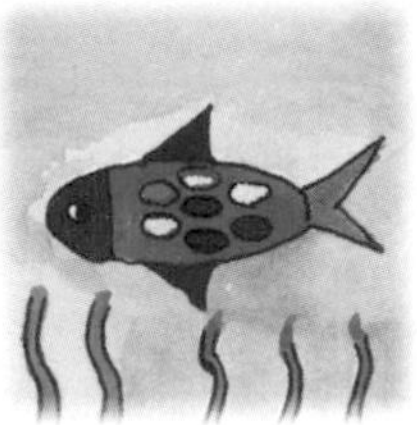

卷二

動物的奧林匹克

動物的奧林匹克

大隊接力有螞蟻
攀岩高手爲蜘蛛
舉重金牌給大象
高空彈跳找貓咪
水上芭蕾選海豚
深潛泳將是鯨魚

我是一條魚

我是一條魚
在媽媽的河裡
游來游去
綠藻是她長長的頭髮
水草是她溫柔的手臂
清清河水是媽媽明亮的眼睛
她每天不停流動
爲我唱一首又一首的歌曲
我是一條快樂的魚
永遠在媽媽的河裡
游來游去

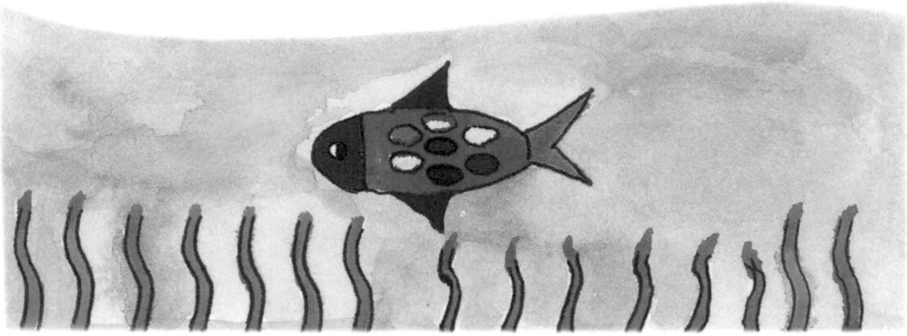

書蟲和米蟲

米蟲住在米缸裡
書蟲住在書房中

書蟲笑著問米蟲
看你每天爬東爬西
怎麼沒有吃下一粒米

米蟲反而問書蟲
看你每天啃來啃去
爲何沒有看懂一個字

怪手恐龍

我是一隻
在工地復活的恐龍
我不是第一代怪獸
我的名字叫「怪手」
紅牆跟綠瓦
像好吃的披薩
我咧嘴又齜牙
唏嚦又嘩啦
瓦牆嚼成了碎片
嘴角還滑落
好多好多的灰沙

企鵝

我是一個國王
南極是我的領土
身穿黑色燕尾服
卻包不住
白胖的肚
我住的冰宮裡
每天都有「搖頭」派對
呼呼的風雪
吹著迷幻的音樂
我樂得
手舞足蹈
左擺右搖

蜻蜓

蜻蜓是一架
水上直升機
薄薄的翅膀是它的螺旋槳
轉動的複眼是它的雷達
只要掃描到蚊子開的敵機
絕對不猶豫
馬上出擊

坐牢的鳥

我原是一隻自由的鳥
樹林就是我快樂的家
有一天
人類趁我不注意
把我捉到鳥籠裡
我想問一問人類
明明偷鳥的賊是你
爲何「坐牢」的卻是我

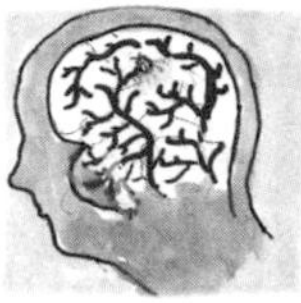

螢火蟲

草叢裡有一隻
螢火蟲
它是黑夜裡的燈籠
一會兒明亮
一會兒消失
放送美麗的訊息

腦海裡也有一隻
螢火蟲
它是飄來飄去的靈感
一會兒發光
一會兒休息
閃著美麗的詩句

蚊子

蚊子
自以爲
是個小兒科醫生
一會兒打針
一會兒抽血
還送小朋友
許多「紅包」

卷三

存時間

鋼琴

我有一個
和我一樣高的寵物
名字叫做YAMAHA
它有黑黑亮亮的皮膚
還有五十二顆白白的牙
可惜
一半以上
被蛀黑啦
我每天打開它的嘴
敲敲它的牙
它就大叫
停停
痛痛

鈔票

從出世的第一天起
我們就失去了自由
一開始全身擺平
關在金庫裡
見不到太陽
接著送進提款機
吸不到空氣

後來又到了保險箱
被同類排擠
有一天是週年慶
公司把我們撒在空中
飄呀飄
飄到沒人發現的角落
哈哈
我們終於自由了

自由

有人說自由是
小鳥從籠子裡放出來的時候
有人說自由是
蝴蝶從蛹裡飛出來的時候
有人說自由是
野馬在草原奔跑的時候
有人說自由是
學生聽到鈴聲下課的時候
其實自由是
我的時間跳出時鐘的時候

存時間

如果可能
我想把「時間」存在銀行裡
生出利息
等到全部提領時
我將是世上最有時間的人

如果可能
我想把「快樂」輸入記憶裡
不斷複製
等到回首往事時
我將是世上最快樂的人

夢想

鳥一直追逐著一個夢想
能像蝴蝶一樣在花間採蜜

蝴蝶一直追逐著一個夢想
能像魚一樣在海裡游泳

魚一直追逐著一個夢想
能像人一樣在岸上歌唱

好笑的是
人卻追逐著另一個夢想
能像鳥一樣在天空飛翔

地球老人

在這個藍色星球上
我住了四十六億年
有時我會呼吸不順
你們叫它「颱風」
有時我會心跳加速
你們又叫它「地震」
其實
這些都是老毛病
你們又何必
大驚　小怪

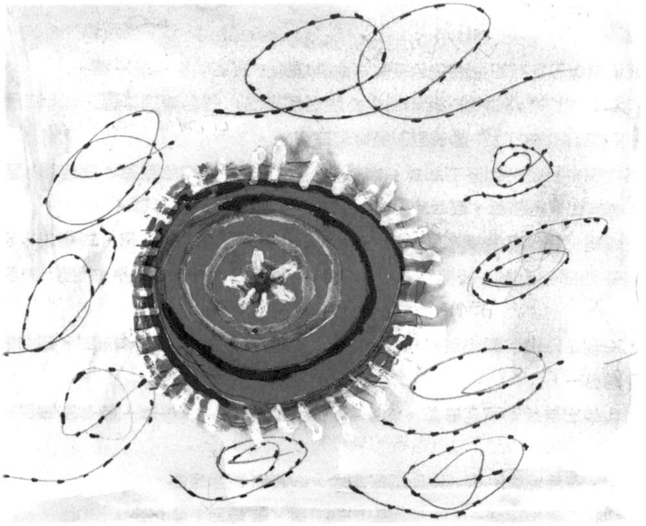

鞋子

整齊排列的鞋子
是老舊的船隻
太陽下山
玄關是它們停靠的港灣
等待太陽出來
它們又要遠航

口香糖

我是小朋友嘴裡的
口香糖
他咀嚼我的香甜
嘴裡放出我的芬芳
不一會兒
他索然無味
呸，一聲
我就進入了垃圾箱
他對我的味覺
冷了淡了
在垃圾箱裡的我
卻還有
他舌頭留下的餘溫

恐怖份子

地震是個
穿著黑衣的恐怖份子
來無影
去無蹤
卻震得人心惶惶

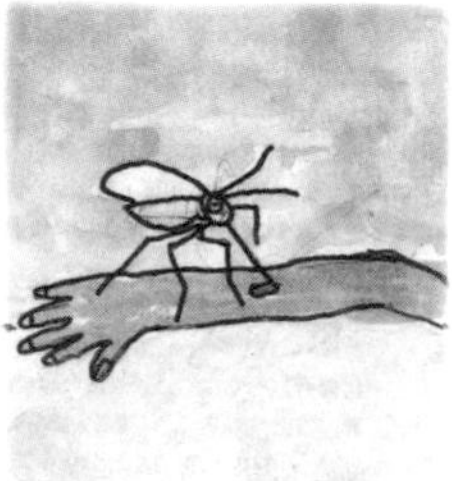

蚊子是個
披著白袍的恐怖份子
來也無影
去也無蹤
卻叮得我　滿身包

不管黑色恐怖　還是白色恐怖
我都要向恐怖
說「不」

金頭腦

頭腦是個豐富的金礦
鉛筆就是細細的鏟子
不停地挖
不停地挖
有「想像」的金塊
也有「靈感」的金沙
慢慢鍛鍊
寫成文字
就是閃閃發光的金子

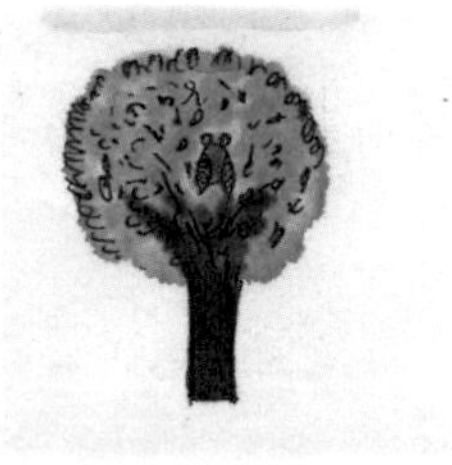

記憶

如果
大腦是柔軟的海
記憶就是一尾
在海中游來游去
捉摸不定的魚
有時浮在海面
有時沉到海底

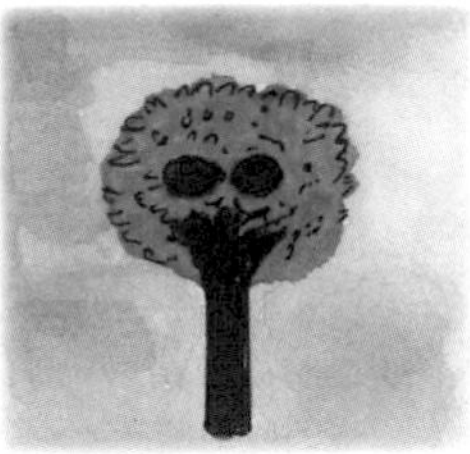

桌子

我是一張靠在窗邊的桌子
清晨時分
陽光照進窗來
把我染成金色
主人坐在我的面前
興奮地打開信紙
和朋友分享他的快樂

到了夜晚
月光照進窗來
把我染成銀色
主人又坐在我的面前
安靜地打開日記
和我分享他的祕密

卷四

如果我有一支魔棒

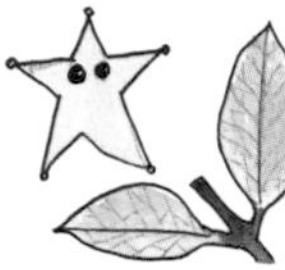

風和星星

風
伸出手指
亂翻
樹葉寫的一頁頁
密密麻麻的日記

星星
眨著眼睛
偷看
深夜藏著的
黑黑暗暗的祕密

窗

綿綿冬雨裡
充滿霧氣的窗
是一張心情畫紙
可以替嘴唇畫朵滿足的笑
可以替雙眉打個不開心的結
還可以替我的眼睛
流下被冤枉的淚

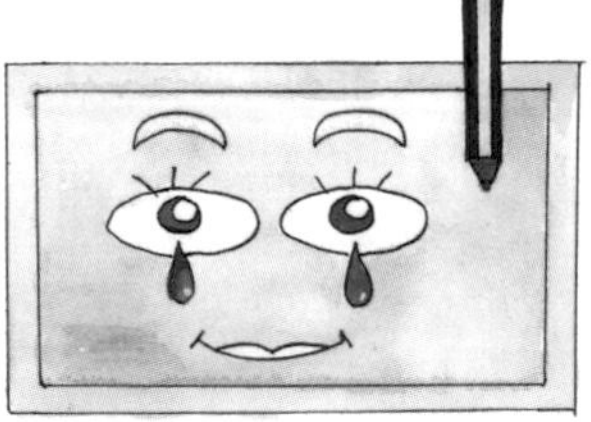

夕陽與茶葉蛋

我在黃昏的露台上
吃著茶葉蛋
夕陽貼著遠山
像美麗的蛋黃
我張開嘴
一口吞下蛋黃
遠山竟然也學我
變成巨大的唇
吞下夕陽

夏日午後

夏日午後
找一本唐詩三百首
當枕頭
催眠白紙裡的黑字
成螞蟻隊形
進入記憶的底層
微風吹過
醒來一個詩人

雨

雨
從雲的蓮蓬頭
落下
讓小花小草
痛快洗澡

雨
是快樂的鼓手
叮叮咚咚
敲在
大地的鼓上

月光河

月光
在我的窗前
流成一條河
我把稿紙摺成一隻小船
筆就是釣竿
在這個安靜的夜晚
我想釣一個靈感
就像釣一條滑溜的魚
那麼困難

風與落葉

有時候
風是一個頑皮的孩子
把落葉當滑板
乘著它
滑上又滑下
滑西又滑東

有時候
風是一個悲傷的詩人
把落葉當稿紙
在上面
寫一首
斑斑點點的詩

魔棒

如果我有一支魔棒
我要把害羞的花朵
變成公園裡會飛的彩蝶

如果我有一支魔棒
我要把地上的螢火蟲
變成夜空中閃亮的繁星

如果我有一支魔棒
我要把爬行的刺蝟
變成超市好吃的榴槤

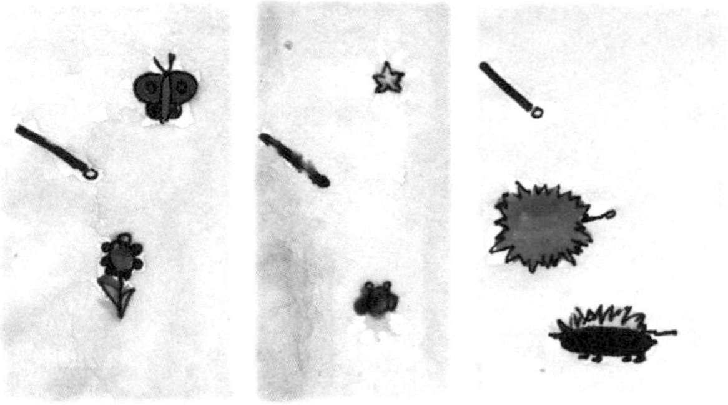

四季

春用自己的聲音
叫醒萬物
夏用自己的味道
灌醉海洋
秋用自己的顏色
染紅風景
冬用自己的感覺
冰凍大地

海上

落日
是海上的一座時鐘
看一看就知道
現在是幾點

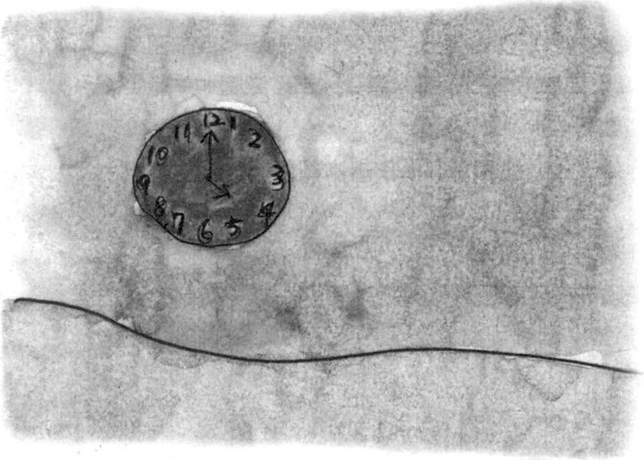

月亮
是海上的一面鏡子
照一照就映出
家鄉在何方

火

火呀火呀眞熱情
伸出舌頭舔樹林
樹林熱得受不了
紛紛脫掉皮大衣

火呀火呀眞潑辣
踏著雙腳跳踢躂
吵得屋頂受不了
劈哩啪啦往下塌

深夜

深夜是個偉大的催眠師
輕輕爲大地蓋上黑色的被子
萬物就睡著了
只剩下醒著的星光
偷看大地的睡姿
只剩下醒著的月光
梳理大地的髮絲
過了好久好久
陽光伸出千萬隻手指
緩緩掀開黑色的被子

樹

紅豆讓春天的樹
相思
蟬讓夏天的樹
知了
風使秋天的樹
臉紅
雪將冬天的樹
催眠

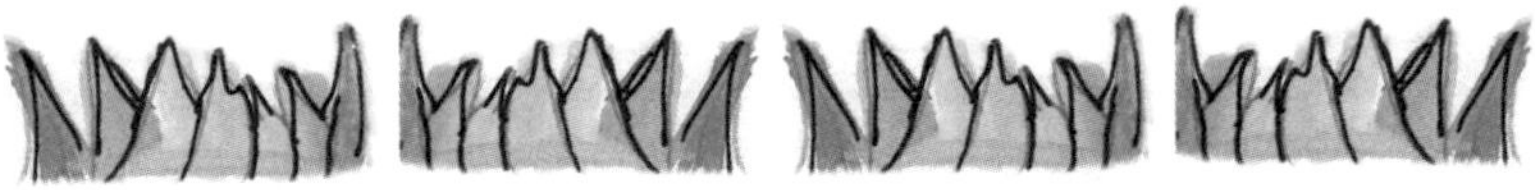

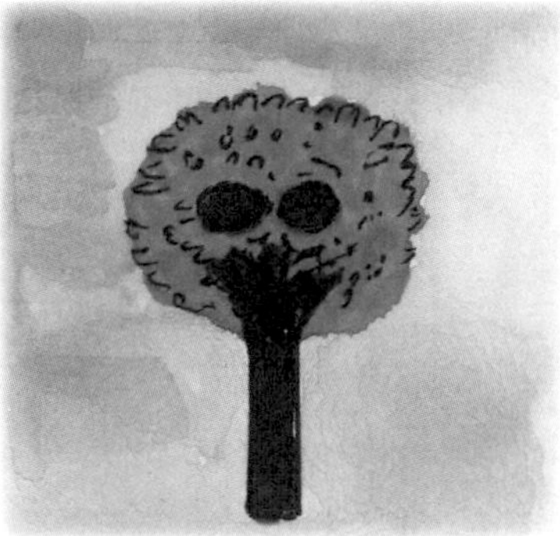

大樹是計時器

大樹
是自然的計時器
嫩嫩的綠芽
冒出了春天的指針
嘶嘶的蟬鳴
上緊了夏天的發條
飄來飄去的落葉
是秋天的鐘擺
被雪覆蓋的樹根
也留下了冬天的腳印

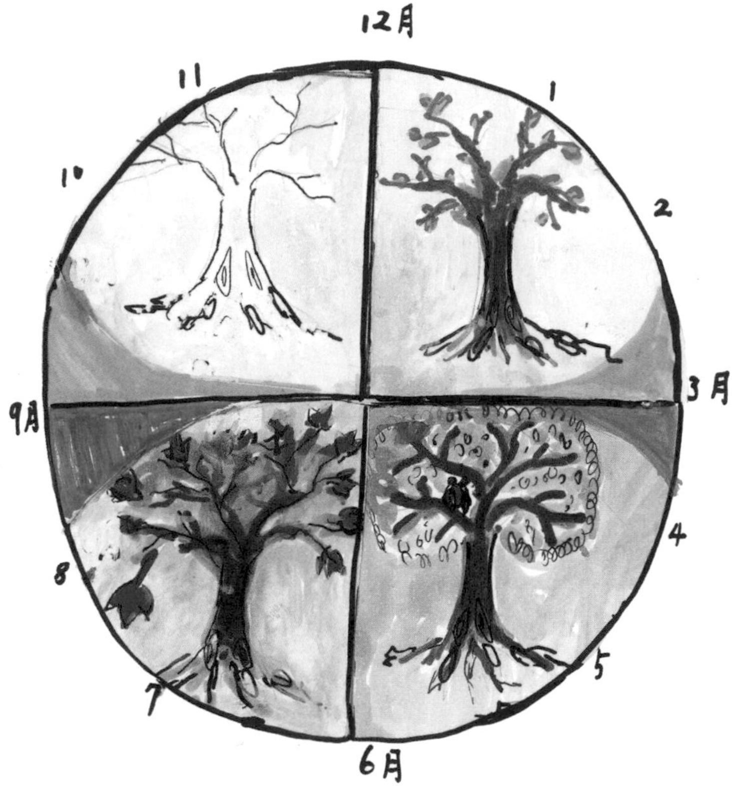
12月
11
1
10
2
3月
9月
4
8
5
7
6月

秋天的景色

如果電線是個五線譜
小鳥就是跳躍的音符
吱吱喳喳　吱吱喳喳
譜一個秋天的下午

如果大樹是個母親
落葉就是她流浪的孩子
唏唏嗦嗦　唏唏嗦嗦
是母親不捨的嘆息

雲的聯想

天空是雲朵的透明舞台
雲朵在上面表演不同的魔術

有時是白色的城堡
有時又是下雪的玉山

變成魚鱗的雲朵正在游泳
變成龍鬚的雲朵卻愛飛翔

生氣的雲朵變成黑烏賊
噴出黑黑的墨汁
害羞的雲朵又變成紅孩兒
露出紅紅的臉蛋
千變萬化的雲朵啊
它眞是神奇的魔術師

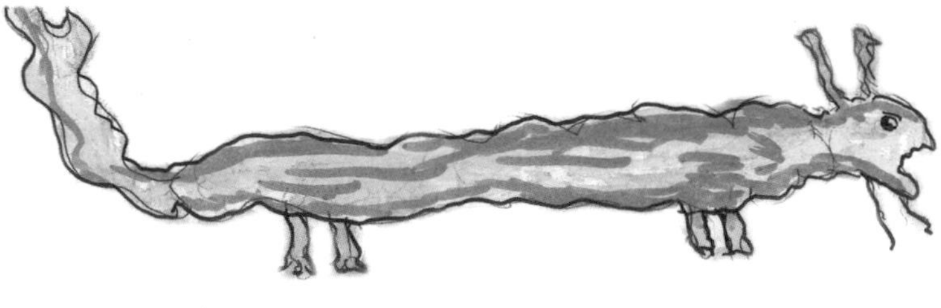

極光

有人說
我是巨人的火把
在黑夜裡飛舞
有人說
我是仙女的裙襬

飄著紅黃藍綠的彩帶
其實
我是威武的太陽風
與大氣交會時
擦出來電的光

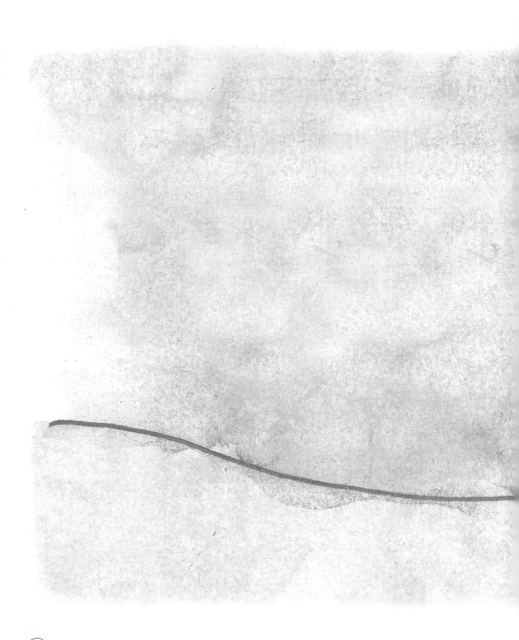

卷五

逆境與我

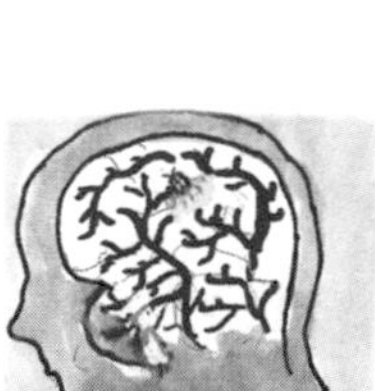

水的聯想

我非常喜歡下雨的感覺，因爲在我的生活裡，給我最多聯想的是雨水。

還記得有一次放學，突然半途下雨了！雖然沒等到媽媽的雨傘，雨水從天空直接飄下來，像千千萬萬呵護我的手，頓時覺得好溫暖！雨水滴到葉子上，來回滾動，好像一顆顆叮嚀我的眼睛，叫我小心，別在回家的路上滑倒！雨水滴到我的唇邊，我伸出舌頭舔一舔，有鹹鹹的味道，就好像是舒跑那種可以給我解渴的飲料。我順口吞下，覺得心底好清涼，好幸福！

回到家裡，聽到雨水打在屋頂，叮叮咚咚，好像是爲我奏樂的快樂鼓手。雨水又沿著屋簷，滴到走廊，滴答滴答，像是走過時鐘表面的秒針。雨水繼續沿著窗框一串一串的滾下來，像是了解心事的好朋友，替我留下的眼淚。

不論是在屋裡，還是在屋外，我喜歡聽雨和看雨，因爲雨水能給我奇妙的聯想，和新鮮的感受！

逆境與我

就在前年剛開學的時候，醫生告訴我得了白血病。從那時起，我的世界完全不一樣了！醫院像是我的家，打針吃藥就是我生活的全部。

這兩年多來，我受著化療的折磨，經常肚子痛，噁心嘔吐，還會全身發癢。醫師爲我注射化藥時，細長的針穿刺著我的脊椎，切割著我的神經，我痛得哇哇大叫！媽媽在一旁只能一邊抹著心疼的眼淚，一邊安撫我，要我忍耐！

我實在想問老天，是他對我開了一個惡毒的玩笑？還是我注定要過一個痛苦折磨的童年？無奈，我始終聽不到老天的回答！

有一天，我在書裡讀到「壓傷的蘆葦，上天不會折斷；將殘的燈火，上天不忍吹熄！」我突然明白：老天給我逆境，是要挑戰我的耐力，培養我的意志。從另外一面看來，逆境其實是面惡心善的老師嘛！雖然這兩年，我在陰暗的病房裡接受治療，但是，老天遲早會爲我帶來陽光，給我溫暖和力量去對抗病魔的。

媽媽也說，我只是暫時沉到海底的潛水艇，經過一段休養準備，時間會幫我衝破難關，不斷向上升起，向上升起，終有一日我會重新浮出水面！

媽媽的話使我恢復信心，燃起希望！我會抬頭挺胸，更堅強地走出逆境！

魔幻學園

如果我有一枝魔法棒，我會喃喃地唸著咒語，讓它帶我進入一個魔法學園。當我睜開眼睛，我會發現一大片翠綠的草原，每根小草都揮動著小手迎接我！

我可以聽到鳥叫和蟲鳴演奏的交響樂，這是多麼優美的音樂課啊！在亮麗的陽光草原上，我可以呼吸新鮮的氧氣，踢足球、打棒球、玩籃球，這是最棒的體育課呢！

因爲學園非常廣闊，到處都有電動軌道。我坐著電動車在立體的軌道上滑行，好像雲霄飛車一樣過癮！電動車帶我來到一座又高又大的教室，它有超大的螢幕和博物館的功能。教室裡有e化設備與控制系統，我只要按不同科目的按鈕，資料庫就會開始搜尋運轉。不用多久，螢幕就會出現當天的教學內容。出了教室，電動車通過迴廊，我還可以到學園的另一邊。在天文館裡認識星座，在動物館裡觸摸小動物，也可以在海生館裡觀察熱帶魚！

如果需要交報告，我可以到電子圖書館上網查詢並且把上課心得一起輸入ＰＤＡ，再上傳我的報告。如果學習了一段時間，覺得很累，電動車載我進入室內溫水游泳池，旁邊還有滑水道，給小朋友享受玩水的樂趣。

如果我有這樣的一支魔法棒，你也想和我一起進入這個魔法學園嗎？

如果我是老師

如果我是老師，我要成爲學生快樂的泉源。我要讓教室變成活動圖書館，學生可以把家裡的藏書帶到班上，有詩集、有童話故事、有名人傳記。學生每天可以找不同的主題互相討論，我在一旁提出思考方向，讓我的學生做腦力激盪。

我還會把教室變爲一個視聽室，我每天在固定時段爲學生播放卡通影集或教學影帶，讓學生覺得上課是一種享受。下了課和學生一起到操場打球遊戲，假日和學生外出郊遊。我一定要和學生做最好的朋友！

如果我是老師，我會重視每一個學生。不管他是聰明還是愚笨，不管他是富有或是貧窮，他在我眼中都是我的寶貝，我會傾聽他們的心事，分享他們的快樂。

如果我是老師，我珍愛每一個學生。如果他有優點，我鼓勵他讚美他；如果他有缺點，我用規勸代替責罵。

如果我是老師，我會給學生積極的想法。當學生考試考不好，我會告訴學生找出正確的讀書方法，再努力準備一次，就像跌倒了再在原來的地方爬起來。跌倒不算什麼，有勇氣爬起來並且學到了教訓，才是完整的學習。

如果我是老師，我會給學生一個座右銘，那就是：「認眞努力，永不放棄的人，未來才有成功的可能！」

我愛圍棋

今年暑假，我無意間看到電視播映了《棋靈王》。劇中主角進藤光被藤原佐爲的靈魂附身，成爲一位圍棋高手。我對他的快速落子和凌厲攻殺非常崇拜，從此就迷上了圍棋！

爲了進一步認識圍棋，我到書店買了《圍棋一二三》和《死活的基礎》，開始對「定石」、「死活」、「手筋」有了基本的概念。我利用課餘時間和同學下圍棋，帶動了全班的圍棋風氣；又利用週末和爸爸哥哥一起練功，漸漸地下圍棋成了全家人的休閒嗜好！

此外，爲了增加實力，我特別購買圍棋卡帶在遊戲機裡不斷練習；

功課寫完後，我又進入網路找棋力相當的棋友比賽。

我覺得學習圍棋對我幫助很大。從下圍棋的過程裡，我不但學到每做一個動作，都需要整體考量，還培養了靈活的思考和快速的反應。下圍棋使我增加了智慧，也陪我度過了愉快的時光，眞是一項很好的休閒活動呢！

母親，在我心

讀完高行健的《母親》這篇文章，我的內心深受感動。文章裡充滿作者對母親的懷念，同時又有無盡的後悔和自責。作者後悔母親生前沒能善體親心，還燒掉母親唯一的照片，當照片在火中捲曲的時候，他的心也跟著痛苦糾結；當照片在火中迅速變黃時，他對母親的記憶也似乎模糊了起來。只要提起母親，他就痛苦得快要發狂。他希望母親的靈魂能夠騰空飄起，好好地譴責自己的不孝。

讀這篇文章的時候，我像是狠狠的被敲了一棒！因爲我正和作者一樣把媽媽的愛視爲當然。尤其在我得了白血病之後，受不了化療的折磨，就任性地對媽媽發脾氣。

醫生爲我注射腰椎時，我痛得哇哇大叫，媽媽心疼地抹著淚緊握我的手，恨不得替我承受所有的痛。化療之後，我經常被感染而發燒。媽媽不眠不休爲我量體溫、敷冰枕，餵我吃退燒藥，我卻嫌她囉哩囉嗦。媽媽費盡心思，用果汁機打精力湯，煮蛤蜊芹菜，幫助我恢復肝的功能，我卻覺得難以下嚥。

天哪！我竟然犯著與作者相同的錯誤。媽媽爲了全心照顧我，離開了教書的工作。她像個守護天使，用生命中的寶貴歲月陪我走過身體的病痛與心靈的煎熬，我卻從來沒有體會媽媽的苦心與用心。

這篇文章像一面鏡子，終於讓我「看見」了媽媽「用心血和生命給予的慈愛」。

這才明白我是身在福中不知福啊！我想，現在覺悟還來得及。我要把心中的愛和感謝對媽媽說出來：「媽咪我愛你，媽咪謝謝你！」

難忘的年

去年過年的時候，我必須在醫院裡接受化療。當電視新聞大聲報導「家家戶戶準備圍爐、吃團圓飯」時，我對媽媽說：「小朋友在家裡過年，有吃、有玩、又有紅包拿，我卻要在醫院裡打針吃藥，我好羨慕他們喲！」媽媽聽了我的話，萬分無奈，一時也想不出什麼話來安慰我，只有暗自流淚！

就在這個時候，病房的門開了。老師像個天使般，在我最難過的時候出現了，還帶著一個親手製作的紅包，真是令我喜出望外啊！畢竟這是我在醫院裡過年收到的第一個紅包呀！打開紅包一看，有一封老師寫給我的信，有同學的祝福卡，還有兩枚硬幣在其中。仔細看著信紙的四周，印有許多蘋果圖案，每一顆都像是老師的愛心圍繞著我。

老師告訴我：「蘋果象徵平安的結果。」同學在卡片裡也對我呼喚著：「快點好起來！回來和我們一起上課嘛！」我拿起信封，聽著兩枚硬幣在裡頭叮噹作響，老師繼續說：「希望你能像這兩枚硬幣一樣，做個響叮噹的生命鬥士！」面對這沉甸甸的紅包，我領受了老師與同學深厚的關愛，當場感動得熱淚盈眶！

直到今天，回想起那一刻，我還彷彿沉浸在溫馨的暖流中！因爲在冷冰冰的醫院裏，我度過一個最難忘的年；因爲老師與同學送來的溫暖使我深切體會了生命的美好與珍貴！

送給外公「青春泉」

外公自從得了巴金森症，在床上臥病已經好多年了！每當我看到外公的時候，我發覺外公只是癱在床上，全身僵硬，不能行動。肌肉逐漸地萎縮，手指還不自主地抖動。外公顯得非常沒有活力，嘴皮懶得張開，眼中也不再有以前的光彩，我看了好心疼啊！

我常常在想，只憑著醫生開的藥和家人的關照，外公的病沒有辦法很快地好起來。如果我有神奇的力量，可以製造源源不斷的青春泉，該有多好哇！這樣，我就可以每天送給外公清澈溫暖的泉水。外公可以用來洗澡、沐浴，恢復身體的機能，給每塊肌肉活動的力量。外公可以用來舒活筋骨，減輕每個關節的疼痛。外公還可以把青春泉當飲料，每天喝個八大杯。長久下來，外公就可以長生不老，青春永駐了！

眞希望我現在就可以製造青春泉！外公有了我送的青春泉，漸漸變成一個快樂健康的老人。在未來的歲月裡，外公可以溜鳥、澆花、釣魚、散步，自由自在的活著，還可以講故事給我聽，那才是我期盼的景象呀！

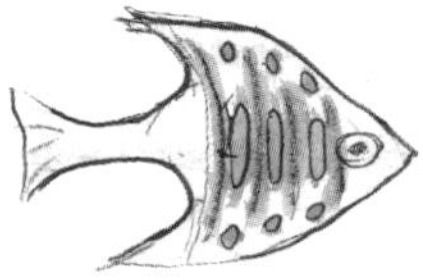

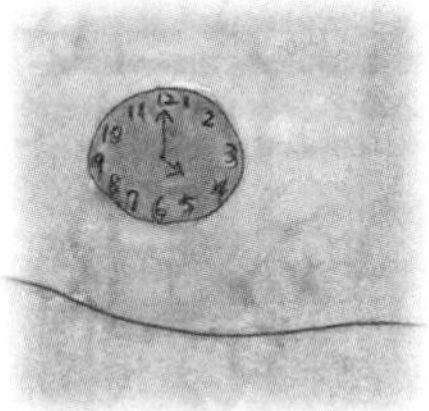

卷六

生命補習班

［媽媽的話］

拉開幽暗的窗簾

去年底，乍聞小兒子罹患白血病時，我像墜入無底深淵，徬徨無助。看到小兒終日與針藥爲伍，受盡化療折磨，我心如刀割，深知往後是一條備極艱辛的抗癌之路！

這樣日悲夜痛惡性循環了一段時間，外子語重心長地說：「即使人生是陰暗幽谷，我們也要攜手走過！痛苦的人那有悲觀的權利？」是的，我必須收起眼淚，拉開幽暗的窗簾，讓小兒浸潤在陽光下，給他信心，使他勇於面對挑戰。

心念一轉，我當下決定離開塵囂，回到鄉居休養。小兒和我謙卑的接受物質歸零的生活，享受簡樸眞實的每一刻！我們一起找尋生活中的靈感，算是作文課；觀察田野是自然課；聽蟲鳴鳥叫的交響樂是音樂課；布置家居是美勞課；在廚房裡幫忙料理是家政課；還有同騎單車，馳騁原野的體育課。如此這般，小兒接受了另類的在家教育。

人生轉了彎，思考也可以轉彎。雖然被迫退居人生後台，我們仍可學習「生命之課」：豁達與務實。放下未來的煩憂，面對必要的戰役，只要我們秉持正面的生命態度，就可以品嘗轉彎後的人生滋味！

不要給我同情

自從小兒罹患白血病以來，我每日祈求上蒼賜福給他，讓他早日脫離病魔，回復正常生活，至於將來他的學業與事業，外子和我根本不敢有很高的期望。

所以我們常盤算著留一間店面給他，不論做個小生意或是出租給別人，都能勉強應付家計了。

十歲的小兒子聽到我們的討論，只說了一句：「爸媽，請不要給現在的我『同情』，只要給將來的我『信心』，好嗎？」

沒想到小小年紀的他非常有骨氣。老天雖然暫時剝奪了他的健康，卻沒有減損他的心智！外子和我真應該以更成熟的態度和新的心靈視野來看待他。

時間是有聲音的

就寢前例行看著書，突然電力消失一片漆黑。

在視覺全然受阻的情況裡，我躺在床上反而睡意全消。

萬籟俱寂中，聽覺分外敏銳！耳朵邊傳來規律輕巧的嗒嗒聲，在一旁的小兒問：「這是什麼聲音啊？」我回答：

「應該是秒針走路的聲音吧！」小兒驚呼：

「原來時間是有聲音的啊！」

十歲的他有如此詩意的聯想，我頗爲驚喜！

仔細聆聽，眞覺得時間是一個智者，踩著輕快穩健的步伐，嗒嗒嗒地往前邁進，沒有猶豫，沒有回首，迎向遙遠的未來！

花燈照亮病房

元宵燈節到了，走在街道上，處處張燈結綵，氣氛熱鬧歡騰。小兒子因病在醫院接受治療，今年勢必要錯過精采的燈會。他嘆口氣說：「我好羨慕別的小朋友，可以外出提燈過節喲！」我聽了萬般無奈，想不出什麼適切的安慰話語。

就在這個時候，病房的門開了，護士阿姨像天使一般翩然來到，貼心地爲兒子帶來一座天馬花燈。瞬間，黯淡冰冷的病房變的溫馨亮麗起來。

這段日子裡，兒子一直與病魔角力，和命運賽跑，早已忘記了曾經熟悉的歡笑；卻在神妙的此刻，受到了鼓勵的感動，在他的臉頰上出現了好久不見的興奮紅暈，眼眸裡閃動著驚喜的淚光……

這使我想起一首泰戈爾寫給徐志摩的小詩：「路上有些耽擱，櫻花謝了，好景白白錯過；但你不需要感到不悅，因爲櫻花就在這裡出現！」

是啊！就在這落寞寂寥的病房裡，護士阿姨不只爲兒子帶來元宵花燈，同時也爲他在心中點燃另一盞不一樣的心燈！

誰說好景白白錯過？好景就在我們當下明亮的心情裡，一種被溫暖點滴浸潤的滋味，也在當下裡全然領受。

少洗一個是一個

帶兒子去醫院看小兒科門診，看完門診已是中午時分。心想住家附近當日停水，煮飯炒菜都不方便，索性就在鄰近一家附有沙拉吧的披薩店吃中餐好了。

孩子吃完了第一道生菜沙拉後，仍拿著原來的盤子起身去盛一些水果布丁，我便問他：「你怎麼不像其他的叔叔阿姨一樣，重新拿一個乾淨的盤子盛裝水果呢？」

兒子很自然的回應說：「今天是停水日呀！我想店裡用來洗盤子的

水一定不夠，如果每個人盡可能的只用一個盤子，就可以省下很多洗盤子的水啦！」在一旁的領班阿姨聽了好開心，笑著摸摸他的頭以示稱許。

值此水荒非常時期，一個小小的想法和作法便可以節省水資源。省水不難，就從小處做起吧！

我要的生活

那天和小兒一起觀察山櫻的枯枝落葉，他突然冒出一句「樹在秋天也得憂鬱症嗎？」我很訝異他對自然做了如此詩意的聯想。難道是當初的生活選擇給了小兒不一樣的啓蒙？

一年前過膩了坐在時間炸彈上分秒必爭的日子，我離開職場，兒子在家教育，我們回到依山傍海的鄉居，放慢生命的步調。

清晨時分，喚醒我們的是鳥兒的曼妙啼囀。教導兒子做完早課，我們一起在院裡修剪玫瑰、澆灑牡丹；或種些龍眼果核，偶爾還能捕捉青蛙的身影。興致來時，摘採地瓜、紫蘇做料理，三餐常有自然的特別風味！午後則在住家附近騎單車、玩滑板；走到社區池塘餵烏龜錦鯉，或去海邊撿貝殼，享受浪花的親吻！

晚上就是親子美勞時間，我們一起做腦力激盪，發揮創意，共同完成紙玫瑰、紙風車，還有紙拖鞋；在廚房裡，我們發麵糰來做餅乾，捏揉出我們構想的形狀，當香脆的成品從烤箱裡端出來時，那份滿足感眞是不言而喻！

生活可以像烘焙餅乾這樣單純，只因我選擇從時間的競賽中徹底釋放。坐在枕木涼亭，我可以品味薄荷般的空氣，西斜的日影；走在石階步道，我可以聆聽微風穿梭、紫藤搖曳。徘徊在十字路口的你，不妨和我一起尋找那份貼近自然的悸動和幸福吧！

兒子心意無價

念小五的兒子，從小就是個善體人意的孩子，他很會察言觀色，平時不用等我開口，便早一步做好我所需求的事。

有時候，我累的倒在沙發上睡著了，他主動爲我蓋一條毛巾被。若是看到我的手不小心被菜刀割傷，他就會趕緊找出優碘和ＯＫ繃爲我塗抹包紮。如果我必須外出辦事，他也會主動在家把地拖好，把碗洗乾淨。

前陣子剛好「家務有價」的話題炒的沸沸揚揚，我一時興起便對兒子說：「你做了那麼多的家事，我該給你一些零用錢才是啊！」

沒想到兒子聽了，沉思了一會兒說：「媽咪，我認爲拖地洗碗這些小事，本身就是滿有樂趣的，而且看你忙裡忙外，分不開身，我是眞心想要幫你嘛！我這份心意怎能用金錢相比呢？」

別看兒子年紀小，他說的話還眞有幾分道理。的確，心意無價，親情無價！兒子的貼心，又怎能用區區零用金來兌換呢？

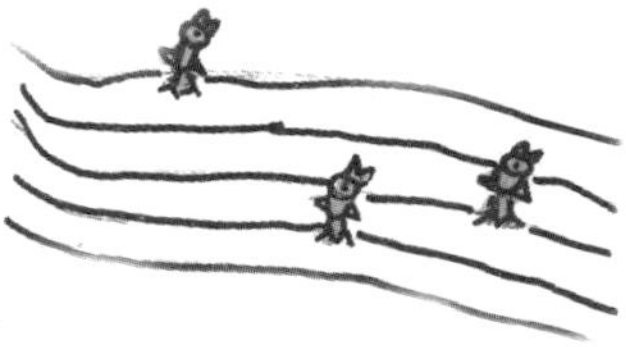

最昂貴的浪漫

外子跟我結婚二十多年，歷年的情人節，多少都有某種方式的慶祝，如外出大餐，或是找個沙灘觀賞一夜的星星，平添幾許浪漫。

今年因爲十歲的小兒子罹患白血病必須隔離治療，所以外出大餐自然是不可能，小兒爲此低低對我訴說：「爸媽都是爲了我，不能外出歡度情人節，眞是對不起，我破壞了情人節的氣氛！」

聽了這貼心的話語，正感動得不知如何紓解他自責的心靈時，他又意念流轉，眼中散發著光芒，說道：「我突然有個想法，我想把家裡的餐廳布置一下，找出古色古香的日本宮燈，放在餐桌中央；放一片蔡琴的ＣＤ，在《白髮吟》的旋律中，爸爸媽媽吃著我煮的義大利麵，之後我還可以串場做個服務生，遞茶倒水，切盤水果，您看如何？」

果然，到了晚上，他把簡單的構想一一付諸實現，於是在小兒精心製造的浪漫氣氛裡，我們度過一個最特別的情人節。

誰說浪漫需要用金錢來堆砌呢？小兒可以畫出九十九朵玫瑰，也可以用彩紙摺出複雜的花瓣，這樣的眞心眞意才是最昂貴的浪漫。十歲的他受著病魔的煎熬，卻在關鍵時刻熨貼父母的心靈，外子和我都因爲擁有這樣一個善體人意的「小情人」而滿心感動呢！

現在都是禮物

閒來無事，在家裡教小兒「現在」的英文是「present」，他好像發現新大陸般，驚訝地說：「咦？你上次教我禮物的拼法，好像也是present。」

經由他的提醒，赫然發現「現在」眞的就是「禮物」，我覺得眞是不可思議！原來在英文浩瀚的語彙裡，每一個現在，都是上蒼賜予我們的禮物。這與佛家所說「活在當下」竟然有異曲同工之妙啊！

欣慰小兒有此種靈慧和領悟的同時，深深覺得能和小兒共處的每一個現在，都是老天給我最值得珍惜的禮物呢！

勝利的標記

日前，兒子進入開刀房移除中央靜脈導管，一星期之後必須再回醫院拆線。醫師掀開了紗布，只見癒合的傷口上還有一截一截黑色的線圈和線頭，像極了爬行中的蜈蚣！

兒子對著鏡子一看，沮喪地說：「這個傷口留下一個好醜的疤啊！」醫師搖搖頭，笑著說：「小弟弟，這是你和生命搏鬥留下的勝利的標記啊！」兒子聽了，精神頓時為之一振！

他的一句話扭轉了兒子負面的想法，引導兒子以樂觀的角度切入人生的「傷口」，鼓勵他勇敢迎向未來的挑戰。眞是謝謝這位有心的醫師說了好棒的一句話！

生命的補習班

近來，九年一貫是個非常熱門的話題。親友們爲了提升孩子的競爭力，紛紛送孩子們去補習班，以期加強教育一番。

我的兒子因爲生了重病，申請在家教育已有兩年。爲了能夠順利地銜接學校的教育，我也試探性地問了一下兒子：「你是否願意去補習班接受密集訓練呢？」

兒子像個大人似的對我說：「我在醫院已經補了『生命教育』，接受了『魔鬼訓練』，應該是很有競爭力的啦！」

我聽了兒子的回答，既爲他感到驕傲，又對他心疼不已！兒子經歷化療的磨難，對他而言，這是一項非常艱苦的試煉，難得他能夠堅強的承受下來。

的確，醫院如他所言，是個生命的補習班，補的是堅忍的意志，毅力和耐力。我想，在兒子未來的生命歷程裡，即使有層出不窮的挑戰，他已然學會勇敢地面對！因爲他參加的正是一個生命的補習班啊！

櫻花樹下

冬日午後，外出郊遊時，經過一座靈骨塔，就順便告知小兒，這是某些人往生後的家。小兒天眞地問：「媽媽，你往生後，喜歡住那裡呢？」

我隨口回答：「大概是院子裡那棵櫻花樹下吧！」

他若有所思地說：「我知道了，你一定是想變成養分，讓櫻花開得更漂亮！每當我看到櫻花時，就像看到你一樣，對不對？」

小兒才十歲，他就能福至心靈，領會出連我都沒想到的深層含意。

他這份護育自然和熨貼母親的心，眞是令我感動啊！

美麗田系列—— 讓心美麗　讓生活美麗

016這個媽媽很霹靂　◎李　昕　定價180元

李昕從小就是叛逆少女，後來成為霹靂媽媽。懂得如何與孩子談性、談離婚，教女兒跳佛朗明哥舞蹈，如果妳還是傳統的媽媽，必看本書！

017寫給你的日記　◎鍾文音　定價220元

眞實的日記本，以寂寞為調味；以相思為節氣；以自語為形式，與你終宵共舞，讀出旅者孤獨悲傷的況味。

018品味基因　◎王俠軍　定價220元

一篇篇如詩散文，層層倒回時光隧道裡，懷舊的氣味中嗅聞著一位樂於冒險、勇於嘗試，對空間敏感的小男孩如何在生活軌跡裡，摸索著對美的形成。

019踩著夢想前進　◎林姬瑩　定價180元

這是一本充滿勇氣與夢想的書，一個南台灣的女子實現單車環遊世界的故事，擁有小王子的純眞及牧羊少年的勇氣，騎著單車、帶著夢想到世界旅行。

020心井・新井　◎新井一二三　定價180元

本書是新井從世界性的遊走氣魄，回歸到東京郊區的淡然，一篇篇歷經的人情故事，讀來浮沈感人，是海外浪子身心感受的眞實世界，更是你我內心的一口心井湧現。

021華滋華斯的庭園　◎松山　猛著　邱振瑞譯　定價220元

《華滋華斯的庭園》讓你成為生活玩家，從享樂中得到自由，如此一來，你毋需做任何辯解，當你自然流露出那種氣質，你，肯定是眞正的紳士……

022華滋華斯的冒險　◎寺崎　央著　李俊德譯　定價220元

穿什麼？吃什麼？住哪裡？興趣是什麼？旅行的去處？為了讓您過更舒適愉快的生活，提供了16則有趣的話題供您做參考。

023有狗不流淚　◎理察・托瑞葛羅夏著　李淑真譯　定價120元

作者理察 ・托瑞葛羅夏一手絕妙的插畫功不可沒：充分捕捉到狗兒跟人類之間親暱友好的精髓，就像是一頓為狗兒準備的美味大餐，是愛狗人士必備的一本書！

024有貓不寂寞　◎理察・托瑞葛羅夏著　李淑真譯　定價150元

這是一本使你永遠不會過敏的貓咪書，挑選本書就像挑選你最愛的貓咪一樣，絕對讓你會心微笑，愛不釋手！

025未來11　紅膠囊◎作品　張惠菁◎撰文　定價250元

紅膠囊創作了一系列充滿未來風格的圖像，而張惠菁則用文字架構起屬於《未來11》虛擬世界的僞知識，圖像與文字兩種創作互相指涉，開闢出豐富的概念磁場。

026樂觀者的座右銘　◎吳淡如　定價220元

現代人不知該如何面對未來，也不懂如何讓自己活得聰明，超人氣名作家吳淡如在千禧年將公開自己的座右銘。

027可樂王AD／CD俱樂部　◎可樂王　定價269元

屬於可樂式的口吻、可樂式的懷舊氣味，可樂式的思考邏輯，正在蔓延，《可樂王AD／CD俱樂部》偷偷開張了。

028單車飛起來　◎林姬瑩&江秋萍　定價220元

上天總會適時地安排一些看似無法克服的障礙與困難，卻又往往在最後為你準備一份特別的禮物，而你必須經歷過程中的掙扎與煎熬，於是當你親自打開它時，才會懂得珍惜。

美麗田系列── 讓心美麗　讓生活美麗

029語言讓人更自信　◎胡婉玲　定價199元

自傳、語言學習法及勵志哲學觀的混合文體，民視主播胡婉玲記錄個人成長經歷，讓你建立自我信心，學習語言。隨書附贈胡婉玲英文學習大補帖。

030快樂自己來──生活點子雜貨舖　◎李性蓁　定價190元

後青春期美少女李性蓁的生活點子雜貨舖創意十足。

031朵朵小語　文◎朵朵　圖◎萬歲少女　定價200元

自由時報花編副刊最受歡迎的專欄集結成書。是心靈的維他命，生活的百憂解。甫上市即榮登金石堂暢銷書排行榜

032夢酥酥　圖文◎商少真　定價350元　超值價249元

商少眞第一本有關於夢的書，華麗而豐富的圖文，絕對讓你愛不釋手，還會尖叫卡哇依！

033東京人　◎新井一二三　定價200元

獨特的新井一二三，有著不同於追求世界和自我的方式，慢慢品味她的國際經驗，相對也改變我們觀看的視野。

034涼風的味道　◎紅膠囊　定價250元

是精神的除濕機，也是心靈的洗衣機，紅膠囊以Chill out概念的圖文代表作。

035我看見聲音──王曉書聽不見的故事　圖文◎王曉書　定價230元

一個聽障生勇敢突破障礙與不便，她讓你看見希望的聲音。王曉書第一次用文字和圖畫表達自己的內心世界，是城市中最美麗的聲音。

036朵朵小語 2　文字◎朵朵　圖畫◎萬歲少女　定價200元

生活裡難免有悲傷、憤怒、沮喪、被人誤解的時候……《朵朵小語2》可以是你生活中一把溫暖的熨斗，燙平你心底的寒冷與崎嶇。

037猛趣味　松山　猛◎著　郭清華◎譯　定價250元

好東西一個人不獨享，日本享樂品味專家，松山　猛的《猛趣味》，告訴你享受人生寶物的最高境界！擁有品味，就從《猛趣味》開始。

038乘瘋破浪　曾　玲◎著　定價190元

航行在藍色的大海中，傾聽海洋的聲音、感受海洋的味道，雖然是一件再浪漫不過的事，但如果你沒有曾玲刻苦、幽默，化危機爲轉機的看家本領，就趕快打開這本書陪曾玲航海去！

039櫻花寓言　新井一二三◎著　定價200元

在《櫻花寓言》新井一二三血青春歲月的滾燙心思，也寫人在他鄉的寂寞、好奇與滿足，每個人都有機會選擇自己想要的生活方式，希望這本書可以給你幾許依靠、幾許膽量。

040冰箱開門──娃娃的快樂食譜　◎娃　娃著　◎黃仁益攝影　定價250元

如何利用剩餘材料烹調出五星級料理，三分鐘上菜會是個奇蹟嗎？即使沒有烹調經驗的人，都可以按照這本快樂食譜來「辦桌」呢！

041悲傷牛弟　◎朱亞君著　定價200元

《總裁獅子心》、《乞丐囝仔》幕後的推手──朱亞君第一本溫暖人心之作。小野、吳淡如、侯文詠、蔡康永、幾米、阿貴誠摯熱情推薦

美麗田系列—— 讓心美麗　讓生活美麗

055 為自己的幸福而活　◎褚士瑩　定價200元

本書描繪了在短短十天的航程中，所帶來人生轉變的震撼，其實每個人最重要的，並不是找回過去的自己，而是在人生的段落歸零時，看似絕望的結果中，找到重新開始的契機。

056華西街的一蕊花　◎李明依　定價220元

李明依勇敢說出受虐的童年、叛逆的青春、婚姻的問題……這不是百集收視率長紅的八點檔，是她最眞實的人生！

057學校好好玩——粉紅豬的快樂學園　◎鍾欣凌　定價200元

粉紅豬一舉站上搞怪大本營，每一天都元氣滿滿，找到自信快樂表演……全書讓你大笑，喊讚啦！

058從此我們失去聯絡　◎林明謙　定價200元

如果有一天你和戀人從此失去聯絡，也不要覺得傷痕累累，因爲一定有另一個人保持著愛的能量，等你一起認眞相愛！

059東京的女兒　◎新井一二三　定價200元

爲愛付出幸福的思考，摸索著生活的酸甜滋味，努力活出屬於自己的可貴人生。

060童年往事　◎李昌民　定價200元

躲了日本軍閥、經歷八年抗戰、活過半世紀，退役上校老兵精神不死，絲絲入扣描寫蘇北老家，沒有悲情鄉愁，只有舊世代的純樸之美，一本讓你讀來窩心，回味無窮的散文小品。

061下一分鐘會更好　◎聶　雲　定價200元

菁英世代最Young的年輕主持人聶雲，經典42招樂透人生座右銘，招招給你最實用的激勵，從生活到學業，從工作到家庭，原來人生的頭彩不在於你擁有什麼，是你相信下一分鐘永遠會更好！

062戀的芬多精　文字◎劉中薇　圖畫◎許書寧　定價200元

自由時報花編副刊繼《朵朵小語》之後超人氣專欄集結成書，愛情之中永遠不曾忘記的竊竊私語，以淚水、純眞，淬煉出一座你我內心專屬的芬芳之園，拿起《戀的芬多精》深呼吸，你會看到永恆的幸福有多深！相愛的夢有多甜！

063朵朵小語——優美的眷戀　文字◎朵朵　圖畫◎萬歲少女　定價200元

自由時報花編副刊擁有最多讀者的專欄集結成書，在蔚藍的青春天空下，在陰暗的人生暴風雨中，在星星滿天的流淚夜晚，陪著你一起實現自我！

064123成人式　◎新井一二三　定價200元

《123成人式》走得強烈而傷痕累累，卻都是青春的眼淚和摸索，新井一二三寫給自己，也寫給你的成長散文，如果你有遠景和目標，那麼未來絕對是可以自己塑造的。

065夢想變成真——舞動奇蹟　◎劉中薇　定價180元

每個人都會有夢想，一齣戲完成了許多人的夢想，洪嘉鈴、張大鏞、方子萱、陳宇凡等人最眞的夢想告白，獻給曾經爲夢想努力過的人，獻給正在夢想路上勇往直前的人，獻給尋找夢想的人，獻給已經完成夢想的人……

066醒來後的淚光——李克翰 曹燕婷的反方向人生　定價220元

李克翰，叛逆和聰明是他的商標，是青春的舞林高手，後來一場車禍，人生完全逆轉；曹燕婷，三十歲以前她是擁有雙B跑車的年薪百萬的多金女，後來從八樓摔下，人生完全逆轉，從什麼都有到失去一切，從健康之軀到接受殘缺的事實，就算從負分開始起跑，他們仍要活出獨一無二的生命滋味。

你如何購買大田出版的書？

這裡提供你幾種購書方式，
讓你更方便擁有一本眞正的好書。

一、書店購買方式：

你可以直接到全省的連鎖書店或地方書店購買，而當你在書店找不到我們的書時，請大膽地向店員詢問！

二、信用卡訂閱方式：

你也可以填妥「信用卡訂購單」傳真到 04-23597123（信用卡訂購單索取專線 04-23595819 轉 230）

三、郵政劃撥方式：

戶名：知己實業股份有限公司　　帳號：15060393

通訊欄上請填妥叢書編號、書名、定價、總金額。

四、通信購書方式：

填妥訂購人的資料，連同支票一起寄台中市 407 工業 30 路 1 號知己實業股份有限公司收。

五、購書折扣優惠：

購買單本九折，五本以上八五折，十本以上八折，若需要掛號請付掛號費 30 元。（我們將在接到訂購單後立即處理，你可以在一星期之內收到書。）

六、購書詢問：

非常感謝你對大田出版社的支持，如果有任何購書上的疑問請你直接打服務專線 04-23595819 或傳真 04-23597123，以及 Email：itmt@ms55.hinet.net

我們將有專人為你提供完善的服務。
大田出版天天陪你一起讀好書！

歡迎免費訂閱《大田電子報》，請到「奇摩電子報」（http://letter.kimo.com.tw）
每週五出刊一次，最新最熱的新書資訊及作者動態都可以在裡面看得到，而且有任何的活動都會第一手發布在電子報中，歡迎希望得到固定書訊的讀者朋友訂閱。

歡迎光臨納尼亞魔法王國中文官方網站 http://www.titan3.com.tw/narnia
朵朵小語官方網站 http://www.titan3.com.tw/flower

國家圖書館出版品預行編目資料

我看見抵擋命運的力量──圖文◎余其叡
－－初版.－－臺北市：
大田出版；臺北市：知己總經銷，民92
面；　公分.－－(美麗田；067)
ISBN 957-455-435-X(平裝)

859.7　　　　92006963

美麗田 067

我看見抵擋命運的力量

圖文◎余其叡
發行人：吳怡芬
出版者：大田出版有限公司
台北市106羅斯福路二段79號4樓之9
E-mail:titan3@ms22.hinet.net
http://www.titan3.com.tw
編輯部專線（02）23696315
傳真（02）23691275
【如果您對本書或本出版公司有任何意見，歡迎來電】
行政院新聞局版台業字第397號
法律顧問：甘龍強律師

總編輯：莊培園
主編：蔡鳳儀
企劃統籌：胡弘一
助理編輯：何珍甄
美術設計：純美術設計/LEO設計
校對：陳佩伶／耿立予／蘇清霖
製作印刷：知文企業（股）公司．(04)23595819-120
初版：2003年（民92）六月三十日
定價：新台幣 200 元

總經銷：知己實業股份有限公司
（台北公司）台北市106羅斯福路二段79號4樓之9
電話：(02)23672044．23672047．傳真：(02)23635741
郵政劃撥：15060393
（台中公司）台中市407工業30路1號
電話：(04)23595819．傳真：(04)23595493

國際書碼：ISBN 957-455-435-X /CIP:859.7/92006963
Printed in Taiwan

廣告回郵
北區郵政管理局登
記證北台字11049號
免貼郵票

*請沿虛線剪下，對摺裝訂寄回，謝謝！

大田出版有限公司　編輯部收

地址：台北市106羅斯福路二段79號4樓之9

電話：（02）23696315-6　傳真：（02）23691275

E-mail：titan3@ms22.hinet.net

地址：...

姓名：...

TITAN
大田出版

智　慧　與　美　麗　的　許　諾　之　地

閱讀是享樂的原貌，閱讀是隨時隨地可以展開的精神冒險。

因爲你發現了這本書，所以你閱讀了。我們相信你，肯定有許多想法、感受！

讀 者 回 函

你可能是各種年齡、各種職業、各種學校、各種收入的代表，
這些社會身分雖然不重要，但是，我們希望在下一本書中也能找到你。

名字／＿＿＿＿＿＿ 性別／□女 □男 出生／＿＿年＿＿月＿＿日

教育程度／＿＿＿＿＿＿

職業：□ 學生 □ 教師 □ 內勤職員 □ 家庭主婦
□ SOHO族 □ 企業主管 □ 服務業 □ 製造業
□ 醫藥護理 □ 軍警 □ 資訊業 □ 銷售業務
□ 其他 ＿＿＿＿＿＿

E-mail/＿＿＿＿＿＿ 電話/＿＿＿＿＿＿

聯絡地址:＿＿＿＿＿＿

你如何發現這本書的？ 書名：我看見抵擋命運的力量

□書店閒逛時＿＿＿＿書店 □不小心翻到報紙廣告（哪一份報？）＿＿＿＿

□朋友的男朋友（女朋友）灑狗血推薦 □聽到DJ在介紹＿＿＿＿

□其他各種可能性，是編輯沒想到的＿＿＿＿

你或許常常愛上新的咖啡廣告、新的偶像明星、新的衣服、新的香水……
但是，你怎麼愛上一本新書的？

□我覺得還滿便宜的啦！ □我被內容感動 □我對本書作者的作品有蒐集癖
□我最喜歡有贈品的書 □老實講「貴出版社」的整體包裝還滿 High 的 □以上皆非 □可能還有其他說法，請告訴我們你的說法

＿＿＿＿＿＿

你一定有不同凡響的閱讀嗜好，請告訴我們：

□ 哲學 □ 心理學 □ 宗教 □ 自然生態 □ 流行趨勢 □ 醫療保健
□ 財經企管 □ 史地 □ 傳記 □ 文學 □ 散文 □ 原住民
□ 小說 □ 親子叢書 □ 休閒旅遊□ 其他 ＿＿＿＿＿＿

一切的對談，都希望能夠彼此了解，否則溝通便無意義。
當然，如果你不把意見寄回來，我們也沒「轍」！
但是，都已經這樣掏心掏肺了，你還在猶豫什麼呢？
請說出對本書的其他意見：

大田出版有限公司編輯部 感謝您！

＊請沿虛線剪下，對摺裝訂寄回，謝謝！